Berto da la talla

Un libro de capítulos de ARTURO de Marc Brown

BERTO DA LA TALLA

Texto de Stephen Krensky
Basado en un guión de Peter Hirsch
Traducido por Esther Sarfatti

LECTORUM
PUBLICATIONS INC
a subsidiary of Scholastic Inc.
New York

BERTO DA LA TALLA

Spanish translation copyright © 2006 by Lectorum Publications, Inc.
Copyright © 1999 by Marc Brown.
"ARTHUR", "D.W.", and all of the Arthur characters are registered
trademarks of Marc Brown.
Originally published in the United States by Little, Brown and Company,
under the title BUSTER MAKES THE GRADE.

Arthur® es una marca registrada de Marc Brown.

ISBN-10: 1-930332-94-7
ISBN-13: 978-1-930332-94-2
Printed in the U.S.A.
10 9 8 7 6 5 4 3 2 1

Library of Congress Cataloging-in-Publication Data:

Krensky, Stephen.
  [Buster makes the grade. Spanish]
  Berto da la talla / texto de Stephen Krensky ; basado en un guión de Peter Hirsch ;
traducido por Esther Sarfatti.
      p. cm. -- (Un libro de capítulos de Arturo de Marc Brown)
  Summary: Arthur and his friends help Buster study for an important test so that he will
be able to move on to the fourth grade with them.
  ISBN 1-930332-94-7 (pbk.)
  [1. Schools--Fiction. 2. Rabbits--Fiction. 3. Aardvark--Fiction. 4. Animals--Fiction. 5.
Spanish language materials.] I. Sarfatti, Esther. II. Title. III. Series: Brown, Marc Tolon.
Libro de capítulos de Arturo de Marc Brown.
PZ73.K685 2006
[Fic]--dc22

                                                                    2006004681

Para mis queridos amigos
Will y Karel Henry

Berto da la talla

Capítulo 1

· · · · · · · · · ·

El señor Rataquemada devolvía el examen de matemáticas a sus alumnos.

—Un notable progreso, señor Vega —le dijo a Betico—. Puede que sus respuestas no sean siempre acertadas, pero valoro su forma tan ordenada de escribir los números.

Betico sonrió satisfecho.

Susana era la siguiente: —Mejorando —le dijo el señor Rataquemada—, pero creo que no debería hacer dibujitos en los márgenes aunque le sobre tiempo.

Susana se puso colorada.

El señor Rataquemada se acercó al grupo de pupitres donde estaban sentados Francisca,

Fefa, Arturo y Berto. Estaban perfectamente rectos, con las manos juntas delante de ellos. También contenían la respiración.

—Señorita Frensky, excelente... sin duda usted ha practicado mucho. Señorita Crosswire, no está mal... pero debería quitarse la costumbre de atravesar los cincos con una raya. No son signos de dólar. En cuanto a usted, señor Read, le sugiero que repase esas tablas de multiplicar... Por la *cuenta* que le trae.

El señor Rataquemada se detuvo un momento, mirando fijamente el último papel.

—Y aquí está el suyo, señor Baxter...

Se lo entregó sin más comentarios. Normalmente, Berto se habría puesto contento de haberse evitado una de las observaciones del señor Rataquemada. Pero que no le hiciera ningún comentario hizo que se sintiera aún peor.

En cuanto Berto vio los resultados, se le estremecieron las orejas. Entonces dobló rápidamente el examen y se lo guardó en el bolsillo.

—¿Te encuentras bien? —le susurró Arturo.

Berto hizo ver que no pasaba nada: —Bien. Fenomenal. De maravilla. No podría estar mejor.

Arturo lo miró fijamente: —Bueno, no lo parece.

—Alergias —contestó Berto—. Nada por lo que preocuparse.

El señor Rataquemada volvió al frente de la clase.

—Algunos de ustedes deben estar satisfechos con los resultados del examen. El resto todavía puede mejorar. Más que en el caso de otras materias, las matemáticas exigen que comprendamos bien los conceptos y prestemos atención a los detalles. Algunos de ustedes parecen haberlo olvidado. Se lo recuerdo porque el próximo viernes tendremos un examen de todo lo que hemos aprendido este año.

Todos los alumnos protestaron.

Berto levantó la mano.

—¿Sí, señor Baxter? —dijo el señor Rataquemada.

—Cuando usted dice "todo" —dijo Berto—, ¿quiere decir realmente todo?

El señor Rataquemada asintió: —Sí, llevamos ya varios meses estudiando matemáticas. Por lo tanto, sugiero que comiencen a prepararse para el examen este fin de semana. Ya pueden irse.

Todo el mundo se levantó para marcharse. Pero en cuanto Berto se dirigió a la puerta, el señor Rataquemada lo llamó:

—Señor Baxter, ¿podría hablar con usted un momento?

Berto se acercó a la mesa del profesor. El señor Rataquemada se puso a ordenar los papeles hasta que todos los demás salieron del aula.

—Tiene que ir usted al despacho del director —dijo el señor Rataquemada—. El señor Hernández lo está esperando.

Berto suspiró. Tener que ir al despacho del director no era una buena señal. En absoluto.

Capítulo 2

• • • • • • • • • • •

Según Berto caminaba en dirección a la oficina del director, el pasillo parecía alargarse cada vez más.

Berto caminaba a lo largo de un largo y oscuro túnel.

—Se está bien aquí abajo —Berto se dijo a sí mismo—. ¡Qué tranquilidad!

A lo lejos había una luz al final del túnel. Había alguien esperando al fondo, y le hacía señales a Berto con la mano.

—Vamos Berto. ¡Apúrate!

Berto no sabía quién lo estaba llamando, pero tenía la sensación de que sería mejor quedarse donde estaba.

—*No se preocupe por mí* —gritó—. *Estoy muy bien aquí donde estoy.*

—Berto, ven aquí ahora mismo —dijo la señorita Tintineo severamente.

Berto llegó hasta la puerta del director y se detuvo.

—Ya puedes entrar —le dijo la señorita Tintineo—. Te esperan.

—No hay mal que por bien no venga, Berto —dijo el señor Rataquemada, quien acababa de alcanzarlo—. Entremos.

Berto abrió la puerta. Sabía que iba a ver al señor Hernández, ya que, claro, era su oficina. Pero no esperaba ver a nadie más.

Sin embargo, el señor Hernández tenía invitados.

—¡Mamá! ¡Abuela! ¿Qué hacen ustedes aquí?

La señora Baxter se secaba los ojos con un pañuelo: —No hay motivo para preocuparse, cariño —dijo nerviosamente.

Entonces se puso a llorar.

Ya era bastante malo imaginar que su mamá

llorara porque se había golpeado la cabeza o lastimado la rodilla. Pero verla llorar en el despacho del director era más de lo que Berto podía soportar.

—Todo irá bien —le dijo Berto—. No creo que el señor Hernández pueda realmente hacerte escribir nada cien veces...

El director se aclaró la garganta: —Señor Baxter, su mamá no está llorando por ella misma.

—Oh —dijo Berto en voz baja.

La abuela de Berto le dio a su hija unos golpecitos en la espalda:

—Tranquila, tranquila —dijo dulcemente.

El señor Rataquemada alcanzó una caja de pañuelos de papel y se la pasó a la mamá de Berto.

—En realidad, señora Baxter —dijo, aclarándose la garganta—. El problema no es tan malo como para... —se volvió hacia Berto—. Aunque sí es serio... —Miró otra vez a la mamá de Berto—. Pero nada que con un poco de esfuerzo —miró a Berto de

8

nuevo— o tal vez con *un montón* de esfuerzo
no pueda solucionarse.

Las orejas de Berto comenzaron a doblarse.

El señor Hernández frunció el ceño:
—Señor Baxter, usted ha llegado a un
momento decisivo, una encrucijada, un punto
fundamental de su joven vida. Las elecciones
que haga ahora tendrán un efecto duradero
en su carrera académica. Por tanto, estas
decisiones no deben tomarse a la ligera —el
señor Hernández señaló hacia una silla junto
a su mesa—: Siéntese, Berto. Tenemos muchas
cosas de que hablar.

Capítulo 3

• • • • • • • • • • • •

Berto estaba sentado en un columpio en el parque cuando Francisca, Arturo y Fefa lo vieron.

—Berto, te hemos buscado por todas partes —dijo Francisca.

—Bueno, pues, aquí estoy —dijo Berto.

—¿Qué pasó en la oficina del director? —preguntó Arturo—. ¿Todo bien?

—No exactamente —dijo Berto. Les contó la historia completa.

—Al final, el señor Rataquemada dijo que tenía que sacar una B en el próximo examen o si no…

—¿O si no, qué? —dijo Fefa.

—"O si no" —dijo Berto, imitando la voz del señor Rataquemada— "no tendrá el gusto de estar con sus amigos en cuarto grado el año que viene".

—¿Qué? —dijo Arturo—. ¡Berto, eso es terrible!

—En realidad —dijo Francisca—, es una imitación bastante buena del señor Rataquemada.

—No me refiero a eso —dijo Arturo—. Quiero decir lo que le *dijo* a Berto. ¿Cómo podríamos pasar a cuarto grado sin ti?

—Berto se encogió de hombros—: Quizá no tengan más remedio. No sé suficientes matemáticas para calcular las probabilidades, pero en mi caso no pueden ser muy buenas. Quiero decir, apenas sé los nombres de los treinta estados del país.

—¡Berto! —dijo Fefa—. Hay cincuenta estados.

Berto suspiró: —¿Ven qué tonto soy? No tengo remedio.

—No te des por vencido —dijo Arturo—. Aún tienes tiempo…

—Hablas como mi mamá y mi abuela. Sólo te falta secarte los ojos y sonarte la nariz entre una palabra y otra.

Arturo se cruzó de brazos: —Bien, si todo el mundo te dice lo mismo, ¿qué te sugiere eso a *ti*?

—No lo sé —dijo Berto—. No parece que se me dé muy bien pensar últimamente.

—Quizás te sentirías mejor después de una merienda —dijo Fefa.

—Buena idea —dijo Francisca—. Vamos a comer algo.

Berto se animó: —No me vendría mal —admitió.

El Azucarero estaba repleto. Mientras esperaban por una mesa, Berto fue a saludar a otros amigos.

—¡Mírenlo! —dijo Francisca—. Parece tan relajado. Ni siquiera está preocupado.

—O al menos no se le nota —dijo Arturo.

—Al paso que va —dijo Fefa—, no hay forma de que Berto apruebe el examen. Nunca pasará de tercer grado.

Arturo asintió.

Un Arturo ya adulto regresaba de visita a su antigua clase de tercer grado. Los niños le parecían todos muy pequeños. Le resultaba difícil creer que alguna vez él mismo había sido tan pequeño.

Sin embargo, había una persona de su tamaño sentada entre los niños. Era Berto —se había hecho mayor, pero aparentemente no más sabio.

El señor Rataquemada señaló a Berto con su bastón.

—Señor Baxter, si un niño tiene ocho años y repite el tercer grado treinta y tres veces, ¿qué edad tendría ahora?

Berto se rascó una oreja: —Eh... ésa es una pregunta difícil, señor Rataquemada. ¿Puedo darle la respuesta en otro momento?

El señor Rataquemada suspiró: —Bueno, *siempre queda el año que viene.*

—¡Tierra llamando a Arturo! —dijo Francisca—. Arturo, te recibo.

Arturo parpadeó: —Lo siento —dijo. Miró por la ventana y vio a Betico caminando por la calle.

—¡Un momento! —dijo—. Ya sé exactamente quién es la persona que nos puede ayudar.

Capítulo 4

• • • • • • • • • •

—¿Quieren que haga *qué*? —dijo Betico.

Parpadeó y miró a Arturo, Francisca y Fefa, que habían salido corriendo de El Azucarero para hablar con él.

—Queremos que ayudes a Berto a mejorar en la escuela —repitió Arturo.

Betico se rió: —¿Yo? ¿Ayudar a Berto? —Miró sus brazos y piernas—. ¿Acaso me han confundido con Cerebro? Ah, ya entiendo. Es una especie de broma. Me están gastando una broma, ¿verdad?

Arturo parecía un poco incómodo:

—Bueno, no, en realidad es en serio. Berto está en peligro de retrasarse un año. Ya que tú tienes algo de experiencia en eso...

—Habíamos pensado que tú podrías hacer algunas sugerencias —añadió Francisca.

Betico frunció el ceño por un instante:

—Esperen un momento. El hecho de que haya repetido no me convierte en un experto —hizo una pausa—. O tal vez sí.

—Más experto que el resto de nosotros —dijo Fefa.

—¿Tienes algún método especial para aprender cosas difíciles? —preguntó Arturo.

—¿O algún libro realmente bueno? —preguntó Francisca.

Betico sacudió la cabeza: —No, nada de eso. Déjenme pensar... las ruedas están dando vueltas... y más vueltas —sonrió—. Sé exactamente lo que Berto necesita.

—Di —dijo Arturo.

—¡Un tutor! —dijo Betico—. Un profesor particular. El mío se llama señor Rosquillo. Viene a casa cada semana para ayudarme a estudiar. Su especialidad es convertir los problemas matemáticos en temas deportivos.

Son los problemas que más me gustan.

—¿Un tutor, eh? —dijo Fefa—. Betico, es perfecto. Eres un genio.

Betico se puso colorado: —Oh, yo no diría eso... pero no me importa que lo digas tú.

—¿Crees que el señor Rosquillo tendría tiempo para Berto? —preguntó Francisca—. Es una emergencia.

—Puede que sí. Pero hay algo que el señor Rosquillo repite una y otra vez: "Aprender es una calle de doble sentido. Yo sólo puedo ayudarte si tú quieres que te ayuden".

—Bueno, eso no debería ser un problema para Berto —dijo Arturo—. Al menos espero que no. Gracias, Betico.

Arturo, Francisca y Fefa regresaron a El Azucarero para darle la noticia a Berto. Pero Berto se había marchado.

—Tal vez haya ido a la biblioteca —dijo Francisca—. A estudiar.

Buscaron en la biblioteca. Berto no estaba allí.

Por fin lo encontraron en el parque, jugando en los columpios.

—¿Un tutor, eh? —dijo Berto una vez que le explicaron la idea—. Suena estupendo, supongo. Lo malo es que los tutores son caros, ¿no?

Ninguno lo sabía con certeza.

—Además —dijo Berto—, no sé si me sentiría cómodo con un extraño —miró hacia otra parte—. Oh, está a punto de comenzar un partido de fútbol. Hasta luego.

Berto corrió al campo de juego, dejando atrás a sus amigos, que lo siguieron con la mirada.

—Nunca funcionará —dijo Francisca—. No creo que aprender sea una calle de doble sentido para Berto. Pone todas las excusas que puede.

Fefa suspiró: —Parece que lo único que tenemos que hacer es encontrar un tutor a quien él conozca y que esté dispuesto a trabajar sin cobrar.

—Y además, cuanto antes —les recordó Francisca—. ¿Cuáles son las posibilidades de que eso suceda?

—En realidad —dijo Arturo sonriendo—, se me ocurren tres tutores que se ajustan a esa descripción.

—¿De verdad? —dijo Francisca—. ¿Quiénes son?

—Tengo delante a dos de ellos —dijo Arturo.

—¿Quieres decir, nosotros? —preguntó Francisca—. ¿Crees que alguno de nosotros es capaz de hacerlo?

—No uno de nosotros —explicó Arturo—. ¡Todos nosotros!

Todos se miraron entre sí.

—¡Sí! —gritaron todos a la vez.

Capítulo 5

• • • • • • • • • • •

—¡Berto, despierta!

La señora Baxter sacudía a su hijo del hombro sin éxito. Berto se abrazaba a su tigre de peluche con más fuerza y se envolvía aún más en la manta.

—Vamos, Berto. Tienes que levantarte.

—¿Por qué? —Era sábado. Los sábados no *tenía que* levantarse temprano.

—Tu tutor de matemáticas está aquí.

Berto abrió los ojos y se incorporó:

—¿Mi *qué*?

Entonces vio a Arturo de pie a la entrada.

—Ah —dijo sonriendo—, eres tú, Arturo.

La señora Baxter se dirigió hacia la puerta: —Es muy amable por parte de Arturo sacrificar su tiempo libre para ayudarte. Bien, les dejaré con su trabajo.

Berto saltó de la cama: —Eh, Arturo, qué buena idea tuviste.

—¿Qué quieres decir? —preguntó Arturo.

Berto echó una rápida ojeada al vestíbulo para asegurarse de que su madre se había ido.

—Quiero decir —dijo— cómo fingiste ser mi tutor. La engañaste por completo.

Comenzó a buscar entre los juguetes y la ropa en el suelo.

—Sé que esa pelota de fútbol está por aquí, en alguna parte —murmuró—. Si nos apuramos, podemos llegar al parque antes de que comience el partido.

Arturo negó con la cabeza: —Hoy no vamos al parque —dijo.

—¿Qué?

Arturo dejó caer en la cama algunos libros que llevaba.

—No trataba de engañar a tu mamá —dijo.

—¿No?

—Saca tus libros —le ordenó Arturo—, vamos a estudiar.

Berto se quedó boquiabierto. Por una vez, no tenía nada que decir.

Poco después, Arturo estaba sentado en la cama de Berto, mirando cómo éste trabajaba en su escritorio. Realmente a Berto se le veía un poco inclinado. Su cabeza estaba sepultada en un libro.

Entonces Berto lanzó un sonoro ronquido.

—¡Berto, despierta! —gritó bruscamente Arturo.

—¿Eh?

—Te quedaste dormido otra vez.

—Oh, lo siento —Berto pasó una página—. El mundo tiene demasiados números —murmuró. Su cabeza comenzó a inclinarse de nuevo.

—¡Berto!

La cabeza de Berto dio una sacudida.

—Tienes que mantenerte despierto —le dijo Arturo—. El examen será sobre este libro de matemáticas, y tú apenas has terminado un capítulo.

Berto bostezó: —Es esta habitación, Arturo. Me da sueño. Quizás si estudiáramos fuera...

Berto se sentó al pie de un árbol, junto a Arturo. Tenía un libro abierto sobre las rodillas, pero su atención estaba en un partido de béisbol en un campo de juego cercano.

—¡*Out*! —gritó el árbitro.

—Berto —dijo Arturo—, no estás prestando atención.

—Desde luego que sí —dijo Berto, sin quitar la vista del campo de juego ni por un instante—. Era quieto. Fue una decisión injusta.

—Prestando atención al libro, quiero decir —dijo Arturo—. Vamos, tienes que estudiar.

Berto se volvió hacia él: —Ya sé, ya sé... es

que me cuesta mucho trabajo mantener la vista en la página. Oye, ¿por qué no me lees los problemas? Así podría concentrarme mejor.

—De acuerdo —dijo Arturo—. Agarró el libro y comenzó a leer—. *"Laura y Owen iban a hacer tres pasteles. Comenzaron con tres tazas de harina y tres huevos. Sin embargo..."*

Arturo levantó la vista.

Berto se había marchado. Estaba de pie detrás del árbitro, gritándole.

Arturo suspiró. Conseguir que Berto prestase atención no iba a ser fácil.

Capítulo 6

· · · · · · · · · · ·

El lunes durante el almuerzo, Arturo, Betico, Francisca y Fefa se apiñaron en torno a la mesa del comedor.

—Hice todo lo que pude —dijo Arturo—. Pero no conseguí que Berto se interesara en estudiar.

Francisca miró a Berto, que estaba en la cola, tratando de convencer a la señora Martínez para que le diera un poco más de pudín de chocolate: —Ni siquiera está preocupado por el gran examen —dijo.

—Por supuesto que no —dijo Fefa—. Nada afecta su apetito. La única cosa en que

Berto piensa es en conseguir dos postres por el precio de uno.

Francisca se animó de repente: —¡Eso es! El camino hacia el cerebro de Berto es a través de su estómago. Eso es lo que tenemos que hacer...

Más tarde, en el parque, Berto se sentó con Francisca y Fefa. Sin embargo, se quedó mirando alrededor para ver si ocurría algo interesante.

—Espero que tengan una buena razón para llamarme —dijo Berto—. Estoy seguro de que podría encontrar un buen partido en alguna parte.

Francisca sonrió: —Fefa y yo compramos una bolsa de caramelos de cacahuate con doble baño de chocolate. Queremos compartirlos contigo.

—¿De veras? —Berto se animó—. Ésa es una buena razón. ¡Esos caramelos me encantan!

—Lo sabemos —dijo Fefa—. Y no fueron nada baratos.

De repente Berto frunció el ceño: —¡Un momento! No es mi cumpleaños.

Francisca sacó los chocolates.

—Por supuesto que no. Vamos a usarlos para enseñarte a dividir.

Berto soltó un gruñido: —Sabía que tenía que haber trampa.

—Escucha —continuó Francisca—. Aquí hay veinte caramelos de chocolate. Ahora bien, si tú y yo fuéramos a repartírnoslos, ¿cuántos nos tocarían a cada uno?

Berto pensó durante un momento. Entonces le dio diez chocolates a Francisca y se quedó con otros diez.

—¡Exacto! —dijo Francisca—. Eso es dividir por dos.

—Bien —dijo Berto—, ¿podemos comerlos ya?

Francisca sacudió la cabeza: —Todavía no —dijo—. Ahora, ¿qué tal si dividimos los chocolates por tres para que a Fefa también le toquen algunos?

Berto pensó otra vez durante un instante.

Entonces agarró cinco chocolates del montón de Francisca y se los dio a Fefa.

—No —dijo Fefa—. Ahora los grupos no son iguales.

—Oh —dijo Berto—. ¿Tienen que ser iguales? No lo mencionaste.

Francisca lo miró fijamente: —Bien, lo estoy mencionando ahora —dijo.

—Hmmm. Tanto pensar me da hambre —antes de que las chicas pudieran detenerlo, Berto se llevó un chocolate a la boca.

—¿Están más iguales ahora? —preguntó.

—¡No! —dijo Fefa—. Eso no es lo que queríamos decir. Además, todavía tienes demasiados.

—Cuenta con atención —dijo Francisca.

Berto se encogió de hombros. Comió otro chocolate: —Seguiré comiendo hasta que me digan que pare.

—¡Ése no es el plan, Berto! —dijo Fefa.

—¡Pero funciona! —murmuró Berto, con la boca llena de chocolates.

—¡Berto, eres imposible! —gritó Fefa.

—No quedará nada para dividir si no paras.

—De todas maneras, yo prefiero restar —dijo Berto mientras agarraba otro chocolate.

—Pero…

—No te molestes, Fefa —dijo Francisca con tristeza—. Pensé que su estómago nos conduciría a su cerebro —suspiró—. Pero creo que los dos son lo mismo.

Capítulo 7

El miércoles por la tarde, Arturo, Betico, Francisca y Fefa jugaban en el parque colgados de las barras trepadoras.

—Quedan sólo dos días para el examen —dijo Fefa—. Es el momento de emprender una acción drástica.

—Ya es hora —dijo Betico, golpeando su puño derecho contra la otra mano—. Déjenmelo a mí. Yo sé cómo conseguir que preste atención.

—Probablemente tengas que atarlo a un árbol —dijo Francisca.

Betico asintió con la cabeza: —Un árbol grande —añadió.

—Ojalá fuera así de sencillo —dijo Francisca—. Pero Berto es un hueso duro de roer.

—El problema —dijo Arturo— es que Berto no hace ningún esfuerzo. Le hice una copia de la tabla de multiplicar, pero la usó para hacer dibujos. Convirtió todos los números en animales.

—Y no olvidemos que cuando fue a mi casa escondió una calculadora en la manga —dijo Fefa—. No podemos ayudar a Berto si él no se ayuda a sí mismo.

—¡Sssssh! —dijo Francisca—. Aquí viene.

Berto caminaba penosamente hacia ellos, con los hombros caídos y las orejas gachas. No parecía muy contento.

—¿Qué pasa, Berto? —preguntó Betico—. ¿No encontraste hoy ningún partido donde jugar?

—No es eso —dijo Berto—. Es el examen. Seguro no lo paso.

—Intentamos ayudarte —dijo Francisca—. Pero siempre te quedabas dormido.

—O buscabas alguna excusa —dijo Fefa.

—Ya lo sé —dijo Berto—. Tenía la esperanza de que el problema desaparecería si fingía que en realidad no existía. Pero aquí estamos, y el examen es en dos días.

—Bien —dijo Arturo—, todavía tienes esta noche y mañana…

—Para aprenderlo todo —le recordó Berto.

—No te preocupes, Berto —dijo Betico—. Tercero es mucho más fácil la segunda vez —hizo una pausa—. O la tercera.

Más tarde, Berto y Arturo caminaban juntos a casa.

—Recuerda esto, Berto —dijo Arturo—, siempre seré tu amigo. Incluso cuando los otros niños de cuarto se metan contigo.

—Gracias.

—Y aún podremos vernos a la hora del almuerzo.

Berto le dio una patada a una piedrecita:

—Supongo.

Habían llegado al cruce de la Calle Mayor

con Corriente. Berto tomó un camino y Arturo otro.

—Voy a extrañarte mucho —dijo Arturo—. Hasta la vista, Berto.

Según Arturo se alejaba, Berto escuchó de nuevo en su mente las palabras de Betico: "Tercero es mucho más fácil la segunda vez. O la tercera".

Delante del despacho del director, un anciano Berto se dirigió a la secretaria: —Estoy aquí para ver al director —gruñó.

Ella le indicó que entrara al despacho. El director estaba sentado en una silla de cuero, mirando a través de la ventana de espaldas a Berto.

Berto se aclaró la garganta.

El director se dio la vuelta en su silla giratoria:

—Ah, Berto, me alegro de que haya podido venir tan pronto.

—Hago todo lo que puedo —dijo Berto, mientras miraba de arriba abajo a su antiguo amigo, que ahora era una persona mayor.

—Tengo buenas noticias para usted, Berto —dijo Arturo Read, el director.

—¡Viva! —gritó Berto, dándose una palmada en la rodilla—. ¿Al fin puedo pasar a cuarto?

El director Arturo negó con la cabeza: —Dije buenas noticias, no noticias fantásticas. En realidad le vamos a pasar a preescolar, donde podrá dormir la siesta y jugar todo el día.

—¡Por favor, no lo haga! ¡Puedo mejorar! ¡Sé que puedo!

Capítulo 8

• • • • • • • • • • •

—Sé que puedo —dijo Berto en voz alta al llegar a su casa. Una mirada de determinación se fijó en su rostro.

Berto fue derecho a su habitación y sacó todos los libros de la mochila. Los puso cuidadosamente sobre el escritorio.

—*Es un buen comienzo* —*le dijo una vocecita interior—. Quizás debieras tomar un descanso.*

Berto se sacudió este pensamiento de la cabeza.

—Primero la división —dijo, y atacó una serie de problemas prácticos. El primero le pedía que dividiera cierta cantidad de fruta en tres partes iguales.

—*La fruta no te interesa en absoluto* —dijo la vocecita—. *Deberías saltarte los problemas sobre cosas que no te interesan.*

Pero Berto sabía que en el examen no podría saltarse los problemas que no le gustaran. Además, este problema le recordaba lo que Francisca y Fefa habían tratado de enseñarle con los chocolates.

—*¿Por qué no usas una calculadora?* —dijo otra vez la voz.

Berto estuvo tentado de hacerlo. Una calculadora facilitaría mucho las cosas, pero se resistió al impulso. No tendría una calculadora en el examen, así que realmente no lo ayudaría tampoco usarla ahora.

Su mamá entró un par de veces para ver qué hacía, pero Berto apenas levantó la vista de los libros. Era de noche cuando acabó de resolver todos los problemas. Estaba tan cansado que se quedó dormido con la ropa puesta.

Al día siguiente, Berto bostezó durante el recreo.

—Pareces cansado, Berto —dijo Arturo.

—Lo estoy —respondió Berto—. Me quedé estudiando hasta tarde.

Betico se rió: —Ésa sí que es buena, Berto. Me alegro de que no hayas perdido tu sentido del humor.

Berto quiso contestarle, pero estaba demasiado cansado para hacerlo.

Después de clase, Berto rechazó una invitación para jugar béisbol.

—¿Qué te pasa? —le preguntaron sus amigos—. ¿Te sientes bien?

Berto no quería que nadie se riera de él. Así que dijo que tenía otras cosas que hacer.

Entonces regresó a casa para seguir estudiando.

Sus libros estaban esparcidos por el escritorio, la cama y por todo el suelo. Pero Berto sabía dónde estaba cada cosa, y pasaba de un tema al otro con la precisión de una computadora.

La señora Baxter quería que Berto tomara un descanso para cenar, pero Berto no quería parar. Así que su mamá le trajo la comida en una bandeja. De postre había caramelos redondos de diferentes colores.

Berto estaba a punto de comérselos cuando se detuvo por un momento. Entonces separó los caramelos en grupos según los colores.

—Me los comeré —dijo— cuando haya comprendido esta parte sobre los grupos y los conjuntos.

Pasaron horas antes de que Berto pudiera comerse los caramelos e irse a dormir. Había hecho todo lo que podía, aunque había esperado hasta el final para estudiar realmente en serio.

Cuando su mamá volvió para darle las buenas noches, Berto estaba ya dormido. Tenía una sonrisa en la cara, y ella lo tomó como una buena señal.

Capítulo 9

· · · · · · · · · · · ·

La mañana del examen, Berto estaba en pie y vestido antes de que su mamá entrara a despertarlo.

—Vaya, Berto —dijo ella— hoy sí que estás animado.

Berto acabó de atarse las zapatillas. —No sé si estoy realmente animado —admitió—, pero sí preparado, por lo menos eso espero.

—Bien, ven a la cocina. El desayuno está listo.

Berto no tenía mucho apetito, pero su mamá le hizo comer de todos modos.

—Si tu estómago se pone a rugir durante el examen —dijo— no podrás escuchar tus ideas.

Berto intentó comer, pero no pudo evitar cortar la tostada en cuadraditos y moverlos de un lado al otro del plato.

—Qué diseños tan interesantes —comentó su mamá.

—Es geometría —explicó Berto.

Su mamá asintió: —Bien, pues, asegúrate de comerte toda la geometría antes de que se enfríe.

De camino a la escuela, Berto murmuraba para sus adentros, repasando las tablas de multiplicar. En el camino había una nueva casa en construcción, y normalmente Berto se detenía a observar el progreso de las obras. Esa mañana los camiones-hormigonera estaban rellenando los cimientos, pero Berto no prestó atención. Estaba demasiado ocupado repasando la tabla del cinco y la del seis como para darse cuenta.

En la siguiente intersección, Francisca y Arturo esperaban a que el semáforo se pusiera verde.

—¡Mira, es Berto! —dijo Francisca—. ¡EH, BERTO! ¡VEN CON NOSOTROS!

Berto no levantó la vista.

—¿Por qué no contesta? —preguntó Francisca.

Arturo se encogió de hombros: —No creo que te haya oído. Parece muy pensativo.

—¿Muy pensativo? —dijo Francisca—. Estamos hablando de Berto, ¿recuerdas? —Volvió a echar un vistazo—. Parece distraído... Bueno, supongo que sabrá llegar a la escuela él solo.

Berto estaba sentado ante una mesita en un almacén gigante. Tenía delante una pila de números revueltos que debía clasificar. A todo lo largo de las paredes había montones de datos y números de todas las formas y tamaños imaginables. Muchos estaban cubiertos de una gruesa capa de polvo. Parecía como si nadie los hubiera movido en muchos años.

Un supervisor con casco y bata blanca vino a inspeccionar el trabajo de Berto.

—Tienes que trabajar más rápido, Berto —dijo el señor Rataquemada—. Esta información ha sido ignorada durante demasiado tiempo.

—Hago todo lo que puedo —le respondió Berto—. Hay mucho trabajo que se ha ido acumulando con el tiempo.

—¿Y de quién es la culpa? —preguntó el señor Rataquemada—. Bueno, no te detengas ahora. Como puedes ver —añadió señalando las paredes alrededor de ellos— tienes un largo camino por delante.

Berto parpadeó al llegar al parque. Acababa de repasar la tabla del nueve.

—Nueve por nueve son… ¡ochenta y uno! —gritó, y de un salto se subió a un banco del parque—. ¡Lo hice!

Una bandada de pájaros se dispersó de un árbol cercano y varias personas se detuvieron para mirarlo.

A Berto no le importaba. En menos de una hora, estaría sentado en el pupitre metido hasta las orejas en las preguntas del examen. Pero eso no era ningún problema.

Por fin estaba preparado.

Capítulo 10

· · · · · · · · · · ·

El señor Rataquemada estaba de pie junto a su escritorio con un montón de papeles en las manos. Delante de él, los alumnos de pronto se quedaron callados.

—He calificado los exámenes de la semana pasada —anunció—. Una gran mayoría lo hizo bastante bien. Pero no todos. Seguramente algunos de ustedes se sentirán decepcionados.

Todos parecían un poco nerviosos —todos menos Berto. Él estaba absolutamente aterrado. Todos los pelos de la cabeza se le habían puesto de punta, tan derechos como las orejas.

Arturo puso una mano sobre el hombro de su amigo: —Hiciste todo lo que pudiste, Berto, y eso es lo que cuenta.

Berto suspiró.

—Míralo por el lado positivo —dijo Francisca—. Dicen que los de segundo tienen un gran equipo de baloncesto.

—Y para ti será fácil mangonearlos —señaló Betico.

El señor Rataquemada caminaba por el pasillo y devolvía los exámenes.

—Buen trabajo, Susana… No está mal, Fernanda… Unas respuestas muy creativas, Fefa.

Cuando llegó a Berto, se detuvo.

—Bueno, señor Baxter, entiendo que se ha esforzado mucho en prepararse para este examen.

Berto asintió con la cabeza. En ese momento era incapaz de hablar.

—El esfuerzo es la columna vertebral de este país —continuó el señor Rataquemada—. Pero debe ser enfocado y disciplinado para dar resultados.

Berto podía oír el latido de su propio corazón en el pecho.

—En este caso, su esfuerzo mereció la pena, y de forma considerable —el señor Rataquemada

le entregó el examen a Berto—. ¡Felicidades! Tiene una milagrosa, pero bien merecida B+.

Todo el mundo se puso contento.

—¡Lo conseguiste, Berto! —gritó Arturo.

—Asombroso —dijo Francisca.

—Y sin gastar un centavo —observó Fefa.

El señor Rataquemada le entregó entonces el examen a Arturo. —No quiero arruinar este momento tan feliz —dijo—, pero usted, señor Read, necesita practicar más la división —hizo una pausa—. Tal vez el señor Baxter pueda darle algunos consejos.

—Claro —dijo Berto—. Lo haré encantado. Ya verás, Arturo, todo consiste en cómo separas los caramelos de colores...

Continuó con sus explicaciones incluso después de que sonara la campana, siguiendo a Arturo fuera de la clase, en dirección a las taquillas. Y por una vez, Arturo no trató de pararlo. Si él había aprendido algo durante la última semana, es que la mente de Berto funcionaba de una manera muy particular.